Noch mehr Wäller Weisheiten

Erinnerungen an einen Westerwälder Opa

Bibliografische Information der Deutschen Nationalbibliothek
Die Deutsche Nationalbibliothek verzeichnet diese Publikation
in der Deutschen Nationalbibliografie; detaillierte bibliografische
Daten sind im Internet über http://dnb.d-nb.deabrufbar.

© 2020 Ferdinand, Thorsten
Herstellung und Verlag:
BoD - Books on Demand, Norderstedt

ISBN: 9783752608151

Inhaltsverzeichnis

Wenn Quarantäne wie ein Urlaub ist	09
Traditionelle Namen für Eingeweihte	10
Keine Angst vor Asbest	11
Zum Frühstück gibt es etwas Süßes	13
Zu alt für einen Kriegseinsatz	14
Ein Schnitzel aus dem Restaurant	15
Für eine Fortbildung aus der Ordnung	16
Butterweiche Weihnachtsplätzchen für die Katz	17
Urlaubsreise mit nervöser Blase	19
Von der Hyperinflation geprägt	20
Ein Bonusheft für alle Fälle	21
Haare aus grauer Vorzeit	22
Apfelmus mit Eiweiß-Beilage	23
Kein Platz für eine Schippe	25
Ein Hammer gegen die Industrialisierung	26
Süßes aus der Neuen Welt	27
Mit dem Drahtesel ins Büro	28
Selbstbestätigung in der Zeitung gefunden	29
Doppelgängerin ohne Sonderrechte	31
Die Jugend hat die Freck	32

Die Gabi aus Fernost	33
In Gefangenschaft ein paar Vokabeln gelernt	34
Glashäuser für reiche Schuster	35
Als der Weihnachtsbaum brannte	37
Für die plötzliche Pandemie gewappnet	38
Vergebliches Hoffen auf einen Lottogewinn	39
Ein Geschenk für jedes Alter	40
Eine praktisch neuwertige Lampe	41
Als Obst noch etwas Besonderes war	43
Ordnung ist das ganze Leben	44
Kein Interesse an Ausflügen in die Region	45
Wenn die Zeit immer schneller vergeht	46
Der lange Weg zum Einheimischen	47
Donnerschlag im Schlafzimmer	49
Mit dem Wasserweck die Pfanne geputzt	50
Auf dem Friedhof selbst Hand angelegt	51
Einmal quer über die Kuchentafel	52
Auf dem Juxplatz das große Los gezogen	53
Als Rentner noch ein Jungspund	55
Alte Tabletten aus der Nachbarschaft	56

Ein Kneipchen als Insektizid	57
Schulnoten für die Versorgungsehe	58
Schokoladenpudding zum Jubelfest	59
Wenn Symmetrie plötzlich zweitrangig ist	61
Bei nassem Frack hilft kein Computer	62
Staubiger Sekt zum Weihnachtsfest	63
Übers Einkaufen nicht viele Worte verloren	64
Kartoffeln ohne Zucker	65
Rustikaler Charme aus dem Westerwald	67
Ohne Schweiß kein Preis	68

Vorwort

Noch ein Buch über den Opa? Der ist doch schon 2019 gestorben. Da kann es doch eigentlich gar nichts Neues mehr geben!

Wahrscheinlich denken viele Menschen etwas Ähnliches, wenn sie diese Zeilen lesen. Tatsächlich habe ich selbst lange Zeit ebenfalls geglaubt, mit dem ersten Buch "Wäller Weisheiten" sei alles erzählt. Im Laufe des vergangenen Jahres tauchten dann bei unterschiedlichen Gelegenheiten aber immer wieder Erinnerungen an bislang unerwähnte Begebenheiten auf. An Feiertagen sprachen wir in der Familie darüber, wie es früher mit den Großeltern so war. In der Corona-Pandemie stellten wir uns häufiger vor, was Opa nun wohl sagen würde, und beim Blättern in alten Fotoalben fiel mir dann noch die eine oder andere Anekdote ein, an die ich viele Jahre nicht gedacht hatte. Über mehrere Monate entstanden schließlich so viele neue Geschichten, dass es letztlich zu diesem zweiten Buch gekommen ist. Leser meines ersten Buchs mögen an der ein oder anderen Stelle zwar einen Spruch wiederfinden, der ihnen bereits bekannt vorkommt. Das ließ sich nicht vermeiden, da Opa auf unterschiedliche Lebenslagen mit ähnlichen Ratschlägen und Weisheiten reagierte. Ich kann Ihnen aber dennoch versichern, dass alle Geschichten in diesem Buch erst 2020 entstanden sind. Abschließend noch eine Anmerkung für eher zartbesaitete Leser: Die Anekdoten und Sprüche in diesem Buch wirken teilweise vermutlich etwas rüde. Es war mir jedoch ein Anliegen, dass sie authentisch sind. Opa war - wie viele Westerwälder seiner Generation - mitunter direkt und etwas mürrisch. Wer ihn besser kannte, wusste aber, dass dies nicht böse gemeint war. Ein Wäller sagt eben, was er denkt! Net mieh un net winnischer!

Wenn Quarantäne wie ein Urlaub ist

Die Ausbreitung des Coronavirus veränderte im Frühjahr 2020 im Eiltempo das Leben. Zu der Angst, man könnte sich selbst irgendwo angesteckt haben und womöglich geliebte Mitmenschen infizieren, kamen die massiven Einschnitte ins Privatleben durch die vielen Vorsichtsmaßnahmen. Keine Reisen und Ausflüge mehr, keine Treffen mit Freunden und fast alle Geschäfte zu - man sollte einfach zu Hause bleiben und darauf warten, dass sich die Situation entspannt.

Bei nahezu jeder neuen Nachricht zu dem Thema musste ich daran denken, wie mein inzwischen verstorbener Opa wohl darauf reagiert hätte. Vermutlich hätte er die Situation relativ gelassen gesehen, obwohl er im fortgeschrittenen Alter ja selbst zur Risikogruppe gehörte. Opa machte sich nie besonders viel aus Urlaub und Reisen. Auch große Feste und Feierlichkeiten waren für ihn meist nur ein notwendiges Übel. "Doh wird iwisch nur iwwer Krankhaade geschwätzt", ärgerte er sich regelmäßig - und das wäre in Corona-Zeiten bestimmt nicht besser geworden. Wenn andere Menschen unerwarteten Stress auf Urlaubsreisen erlebten, durften sie jedenfalls nicht auf Opas Mitleid hoffen. "Isch kann se net douern", sagte er dann stets. "Wärrn se mem Arsch dahaam gebliwwe, brehschten se jetzt net ze jounern." Für Opa selbst galt ohnehin: "Isch senn om liebste dahaam." Nach einem Arbeitstag in seinem "Goarde" setzte er sich bei schönem Wetter noch eine Weile unter seinen "Quetschebahm in de Schatte" und sagte dann zufrieden: "Dot es fier misch schiener wie jeder Urlaub!"

Traditionelle Namen für Eingeweihte

In meiner Kindheit war es in meinem Heimatort Untershausen noch üblich, Familien mit einem Sippennamen anzusprechen. Mein Opa etwa war im Dorf unter dem Namen "Trains Gottfried" bekannt. Als sein Enkel wurde ich in den 80er-Jahren mitunter gefragt: "Von wem bes dau dah?" Und die korrekte Antwort lautete dann: "Von Trains!" Opa selbst erklärte mir mal, der Ursprung dieser Bezeichnung sei der Vorname seiner Mutter, die Katharina hieß und offenbar Train gerufen wurde. Mir selbst ist meine Urgroßmutter allerdings auch unter dem Namen "Trains Kat" bekannt, was auf einen älteren Ursprung der Sippenbezeichnung schließen lässt.

Ähnlich rätselhaft verhält es sich mit einigen Gemarkungsbezeichnungen. Wenn Opa beispielsweise von einem Stück Land im "Prester Nischel" sprach, setzte er wie selbstverständlich voraus, dass ich dieses Gebiet kenne. Ich hatte jedoch allenfalls eine grobe Ahnung, wo das sein könnte. Wenige Jahre vor seinem Tod erschien es Opa an der Zeit, dieses Defizit zu beheben. Wenn irgendwann der Erbfall eintrete, sollten seine Nachkommen schließlich wissen, wo er noch Grundstücke besitze, erklärte er mir. "Mir misste emohl zesamme off en Sonndaach in die Heck giehn speckeliere, damet ihr wosst, wu eisch noch Stegger hon", sagte er zu mir. Umgesetzt haben wir diesen Plan leider nie, sodass wir uns letztlich doch auf die Grundbücher beim Katasteramt verlassen mussten.

Keine Angst vor Asbest

Der Immobilienmarkt im Westerwald boomt. Seit es auf Sparguthaben kaum noch Zinsen gibt, investieren viele Menschen ihr Geld lieber in Neubauten oder die Sanierung ihres Eigenheims. Auch das fast 50 Jahre alte Haus meines Opas hat mein jüngerer Bruder vor einiger Zeit auf Vordermann bringen lassen – und das war auch dringend notwendig. Schließlich hat sich seit Anfang der 70er-Jahre vor allem energetisch viel getan. In Opas Wohnung standen beispielsweise noch alte Nachtspeicheröfen, die damals offenbar besonders günstig waren. Inzwischen ist man schockiert, wie viel Stromenergie im Inneren der Heizkörper sinnlos verpufft.

Opa war zwar einerseits immer auf Sparsamkeit beim Energieverbrauch bedacht. So schaltete er seine Heizkörper grundsätzlich nur in den kalendarischen Wintermonaten ein, und auch beim "Stoche" wurde möglichst wenig Brennholz verbraucht. Andererseits war er aber nicht bereit, die veralteten Nachtspeicheröfen gegen neuere Modelle auszutauschen, um auf lange Sicht Geld zu sparen. Die Heizkörper waren schließlich "noch gut", und kleinere Defekte behob Opa notfalls selbst. Entsprechende Ersatzteile für seine Elektroheizungen hatte er vorsorglich auf dem "Speischer" eingelagert. Dass im Inneren der Öfen Asbestplatten "verschafft" waren, konnte ihn dabei ebenfalls nicht schocken. "Dot wosst mah joh frieher net", erklärte er mir. Die Heizkörper deshalb wegzuschmeißen, kam jedenfalls nicht infrage. "Dot bissje Asbest mecht mir naut", betonte er selbstsicher. "Doh senn isch net su empfindlisch!" Und ab welcher Asbestbelastung es kritisch wird, entschied Opa freilich ebenfalls selbst.

Zum Frühstück gibt es etwas Süßes

Da meine Großeltern die meisten Lebensmittel selbst in ihrem Garten anbauten, mussten sie nur relativ selten zum Einkaufen in einen Supermarkt. So lange meine Oma lebte, erledigten sie das stets zusammen. Opa wurde damals aber nur als Autofahrer gebraucht, da meine Oma keinen Führerschein hatte. Die Hoheit über die Einkaufsliste hatte die Frau im Haus. Angesteuert wurden seinerzeit in der Regel noch Supermärkte in der Montabaurer Innenstadt, zum Beispiel der Rewe-Markt in der Bahnhofstraße, den meine Großeltern stets "Redi" nannten. Später ging es dann meist nach Heiligenroth zum Aldi. Eingekauft wurde aber maximal einmal pro Woche, denn frische Produkte brauchten meine Großeltern kaum.

In den letzten Jahren übernahm ich die Einkäufe für meinen Opa. Seine Lieblingsprodukte waren mir inzwischen bekannt, wobei er allerdings nicht für alle Artikel die korrekte Bezeichnung verwendete. "Biechsewurscht" konnte auch ein Laie noch relativ einfach finden. Unter "Bodder" verstand Opa allerdings nicht etwa gute Butter, sondern Margarine, wie ich lernen musste. Etwas aufwendigere Recherchen waren nötig, als ich den Auftrag "Schmonzel" erhielt. Der Hinweis "Isch hon kei Scheelee mieh" deutete aber zumindest an, in welche Richtung es gehen könnte. Meine Mutter konnte mir schließlich erklären, dass es sich um Zuckerrübensirup handelt, den sich Opa "off die Stegger schmeert" - allerdings nur zum Frühstück. Abends zog Opa stets die "Lewerwurscht aus der Biechs" vor, die er vorzugsweise mit einem "Krestsche", also dem Endstück eines Brots, verzehrte, und dieses wurde zuvor mit einem "Kneipsche" in handliche Portionen zerteilt.

Zu alt für einen Kriegseinsatz

Seit mittlerweile 75 Jahren herrscht in Deutschland und weiten Teilen Europas Frieden. Für jüngere Generationen ist dies so selbstverständlich, dass sie sich gar keinen Krieg mehr vorstellen können. Selbst ältere Mitbürger verbinden damit in der Regel nur noch frühe Kindheitserinnerungen, auch wenn Hunger und Armut nach dem Krieg für viele Menschen sicherlich prägend waren.

Mein Opa hingegen war zwischen zwei Weltkriegen geboren. Die kinderreichen Familien im Westerwald litten noch unter den Folgen des Ersten Weltkriegs, als sich mit der Machtergreifung Hitlers eine noch größere Katastrophe anbahnte. Auch zwei Brüder meines Opas und ein Schwager verloren im Zweiten Weltkrieg ihre Leben. Nur wenige Geburtsjahrgänge hatten zumindest das Glück, für einen Kriegseinsatz als Soldat zu alt oder zu jung zu sein. Das galt offenbar für den Großvater meines Opas, der in der Familie "dä Michel" genannt wurde. "Dä hat Gleck", berichtete Opa mir einst. "Dä musst 70/71 net in de Kriesch un hinnerher wohr dä joh ze alt."

Mit diesen Zahlen hatte Opa mich kalt erwischt. "Der Erste Weltkrieg war doch von 1914 bis 1918", meinte ich verwirrt. "Isch mahn doch dä deutsch-französische Kriesch", ergänzte Opa sogleich in einer Selbstverständlichkeit, die mich fast darüber schmunzeln ließ, dass seitdem schon 150 Jahre vergangen sind.

Ein Schnitzel aus dem Restaurant

Wenn ich in ein Restaurant gehe, möchte ich mir in der Regel etwas gönnen, das wir zu Hause selbst nicht zubereiten können. Es ist schließlich etwas Besonderes, außer Haus zu essen, und ein gutes Rumpsteak zum Beispiel bekommen meine Frau und ich in der heimischen Küche einfach nicht richtig hin.

Mein Opa hingegen zählte zu der Generation, die beim Essen nicht so gerne etwas Neues oder Exklusives ausprobierte. Die Qualität einer Gaststätte wurde vor allem an der Größe der Portion und dem Preis gemessen - wobei in seinem Fall ein besonders günstiger Preis für eine hohe Qualität stand. Nach dem Motto "Was der Bauer nicht kennt, frisst er nicht" warnte Opa zudem immer wieder ausdrücklich vor dem Genuss unbekannter Speisen aus dem Ausland. "Dir kimmt die Pizza noch aus de Uhre!" oder auch "Dau kriehs noch eh Pizzagesicht" waren wiederkehrende Ermahnungen, an die ich mich noch gut erinnere. Der Besuch einer Pizzeria kam für Opa deshalb nur infrage, wenn man dort auch ein Wiener Schnitzel mit Pommes oder Kroketten bestellen konnte. Im Idealfall gab es noch einen grünen Beilagensalat. Dieses eher simple Gericht war für Opa das Standardessen, wenn er außer Haus speiste. Mehr brauchte er nicht, aber weniger sollte es auch nicht sein. Unabhängig von der Größe des Schnitzels wurde übrigens immer "die Platt gebutzt", also vollständig aufgegessen. Denn der Grundsatz "Et werrn kei Urtze gemacht" galt selbstverständlich auch im Restaurant.

Für eine Fortbildung aus der Ordnung

Von 1978 bis zum Jahr 2000 und von 2005 bis 2017 lebten mein Opa und ich unter einem Dach. Das ist eine lange Zeit, in der man sich gut kennenlernen kann. Besonders intensiv war unser Kontakt in den letzten sieben Jahren, als alle anderen Familienmitglieder aus meinem Elternhaus ausgezogen waren. Opa war zu diesem Zeitpunkt schon um die 90 Jahre alt und immer noch bei guter Gesundheit. Trotzdem habe ich mit steigendem Alter etwas häufiger im Garten oder in seiner Wohnung nachgeschaut, ob es ihm gut geht - besonders falls Opa morgens noch im Bett lag, wenn ich das Haus verließ. Das entsprach nämlich gar nicht seiner Natur. "Wenn mah morjens ze spät es, es dä ganse Daach aus der Ordnung", pflegte er stets zu sagen.

Der Feierabend folgte ebenfalls festen Ritualen. Umso mehr wunderte ich mich, als ich einmal von der Arbeit nach Hause kam und Opa nicht auffinden konnte. Normalerweise hätte er um diese Zeit beim Abendessen oder schon vor dem Fernseher sitzen müssen. Meine Suche blieb erfolglos. Irgendwann tauchte Opa dann von selbst wieder auf und erklärte mir, er habe sich spontan entschieden, an einem Obstbaumschnittkurs teilzunehmen, von dem er in der Zeitung gelesen hatte. "Isch well doh emohl ebbes on den Äppelbähm bei mir off der Wiss ausprobiere", sagte er. Für eine Fortbildung ist man schließlich nie zu alt.

Butterweiche Weihnachtsplätzchen für die Katz

In den 90er-Jahren hatten wir einen Familienkater namens Lucky. Sein Verhältnis zu meinen Großeltern war nicht das Beste. Meine Oma beispielsweise konnte es überhaupt nicht leiden, wenn Lucky ihr um die Beine strich. Doch gerade bei ihr machte der Kater das vorzugsweise, um anschließend im gemütlichen Schritttempo zu flüchten. Lucky hatte offenbar herausgefunden, dass Oma nach einer Hüftoperation motorisch eingeschränkt war und ihm nicht folgen konnte, um ihn zu bestrafen.

Eine weitere schlechte Angewohnheit unseres Katers war es, in Abwesenheit der Menschen Lebensmittel anzuknabbern. Auch vor trockenem Kuchen machte er nicht Halt, weshalb man höllisch aufpassen musste, nichts unbeobachtet auf dem Küchentisch stehen zu lassen. In der Vorweihnachtszeit war es bei uns allerdings üblich, einige Spritzgebackene in einer Schale auf den Wohnzimmertisch zu stellen. Diese selbst gebackenen Plätzchen waren bei Opa sehr beliebt - und leider auch bei Lucky. Noch am Heiligen Abend rühmte Opa die Fähigkeiten der Bäckerin, die es offenbar geschafft hatte, einen sehr langlebigen Teig zu produzieren. "Hej die Plätzscher senn su weisch", sagte Opa dann anerkennend. "Die schmagge mir wunderbar!" Über die wahren Gründe der Konsistenz schwiegen wir uns schmunzelnd aus. Kritikern dieses Streichs sei versichert, dass die butterweichen Plätzchen Opa nicht geschadet haben. Er lebte nach dem Konsum noch mehr als 20 Jahre bei bester Gesundheit.

Urlaubsreise mit nervöser Blase

In den 80er- und 90er-Jahren fuhren meine Großeltern regelmäßig nach Ruhpolding in den Sommerurlaub. Vor allem meiner Oma lag viel daran. Mein Opa war nach eigenem Bekunden "om liebste dahaam". Schon die Planung des Urlaubs folgte deshalb einem festen Ritual. Im Frühjahr begann meine Oma - zunächst verhalten - nachzufragen, ob sich Opa wieder einen Urlaub in Bayern vorstellen könne. Eine klare Antwort blieb er ihr zunächst jedoch schuldig. Oma wusste, dass sie in den nächsten Wochen noch einige Male nachbohren muss, bis Opa schließlich zustimmen würde, damit er "sei Ruh hot".

Wenn meine Großeltern erst einmal auf dem Gasthof Brandler Alm angekommen waren, konnte auch Opa den Urlaub genießen - zumindest vermittelte er diesen Eindruck. Aber zunächst musste er seinen Opel Kadett dazu etwa sechs Stunden lang über die A3 und die A9 steuern. Für einen Autofahrer, der sich ansonsten fast ausschließlich im unteren Westerwald bewegte, war das offenkundig sehr anstrengend. Ihre festen Abläufe hatte auch die lange Anfahrt: Früh am Morgen ging es los. Zweimal sollte Pause gemacht werden, an der Raststätte Haidt bei Würzburg und am Köschinger Forst. Doch auch hier durchkreuzte meine Oma regelmäßig Opas Pläne. Schon kurz hinter Montabaur hieß es: "Isch misst emohl off de Klo." Opa konnte es nicht fassen. "Mir senn doch irscht fier fenf Minude losgefohre", schimpfte er. Den ersten unplanmäßigen Stopp konnte er trotzdem nicht mehr abwenden. Und der Satz "Wer in Urlaub well, muss oh enhaale konne" stand unausgesprochen im Raum.

Von der Hyperinflation geprägt

Als kurz nach der Jahrtausendwende der Euro eingeführt wurde, war das für viele eine spannende Zeit. Vor allem junge Menschen freuten sich auf die Starter-Kits mit den neuen Münzen und machten sich kaum Sorgen um die Währungsstabilität. Einige ältere Menschen wie mein Opa sahen das neue Geld hingegen erst einmal skeptisch. Schließlich war die Deutsche Mark über Jahrzehnte eine stabile Währung gewesen - und an die Zeit davor erinnerte sich Opa auch aus finanziellen Gründen noch mit Schrecken.

Sein eigener Vater hatte durch die Hyperinflation in den 20er-Jahren ein kleines Vermögen verloren. Opa selbst bekam die Folgen in der Kindheit noch zu spüren. Sein Vater musste notgedrungen im Bergbau arbeiten, um die zehnköpfige Familie durchzubringen. Die Arbeitsbedingungen waren so miserabel, dass viele Männer jung verstarben. Auch meinen Urgroßvater ereilte dieses Schicksal mit Anfang 60. Immerhin gab es in den 40er-Jahren aber bereits eine Versorgungskasse. Per Obduktion wurde noch auf dem Sterbebett geklärt, wer einen Anspruch hatte. "Dä Babbe wurr offgemacht, un du hon die jo schon gesehn, wott los es", fasste mein Opa kurz und prägnant zusammen. "Ohs Mamme krooch hinnerher en schiene Knappschaftsrende." Die Erinnerung an die Umstände, die zum frühen Tod seines Vaters geführt hatten, trieben Opa noch in hohem Alter die Tränen in die Augen. Mitunter sagte er dann: "Ohse Babbe hot sisch fier sei Fraah un sei Kinner droffgeschafft."

Ein Bonusheft für alle Fälle

Nach dem Einkauf im Supermarkt werde ich regelmäßig gefragt, ob ich eine Payback-Karte habe. Auf die Vorzüge dieser Bonusprogramme wurde ich im Freundes- und Familienkreis schon mehrfach hingewiesen. Allerdings habe ich mich bislang dagegen gewehrt, vermeidbare Plastikkarten im Geldbeutel zu verstauen, denn dieser ist bereits gut gefüllt mit allen möglichen Karten. Allzu großen Ärger über meine eigene Bequemlichkeit vermeide ich, indem ich mir die entgangenen Prämien gar nicht erst ansehe.

Mein Opa hätte mit dem englischen Begriff Payback ohnehin nichts anfangen können. Er war allerdings trotzdem voll des Lobes für ein vergleichbares Treueprogramm: das Bonusheft beim Zahnarzt. Das vor etwa 30 Jahren eingeführte System garantiert den Patienten höhere Zuschüsse bei Zahnersatz, sofern sie regelmäßig Vorsorgeuntersuchungen in Anspruch nehmen. Anfangs war das für Opa noch eine lohnenswerte Sache. Mit zunehmendem Alter allerdings hatte der Zahnarzt außer der Passform des Gebisses nicht mehr viel zu kontrollieren. Für eine gute Zahnhygiene reichte eigentlich eine Packung Corega Tabs. Das konnte Opa allerdings nicht stoppen. Er hielt an der Tradition des Bonushefts sogar noch fest, als sich der letzte eigene Beißer verabschiedet hatte. "Isch muss dringend bei de Zahnarzt", lautete die Ansage. "Isch muss mir doh mahne Stembel abholle." Seine Reaktion auf meine Nachfrage, ob das eigentlich noch nötig sei, lautete dann knapp: "Mah kann nie wesse! Hinnerher mäscht mah eh bleed Gesischt." Und damit meinte Opa sicherlich nicht den Zustand des Gebisses.

Haare aus grauer Vorzeit

Wenn ich mir Fotos aus meiner Studienzeit anschaue, fällt mir sofort ins Auge, wie stark sich auch bei Männern die Mode gewandelt hat. Jeans mit ausgestelltem Bein zum Beispiel, sogenannte Schlaghosen, waren vor 20 Jahren total angesagt, ehe sie von der "knatschengen" Variante abgelöst wurden. Auch mein Vater trug solche Jeans schon in den 70er-Jahren. In den 80ern posierte er dann mit Dauerwelle und Schnauzbart. Da ist man froh, dass sich nicht jede Mode wiederholt ...

Bei meinem Opa hingegen muss man das Alter des Fotos an der Qualität der Aufnahme festmachen. Schwarz-Weiß-Bilder sind älter als 40 Jahre, rötlich verfärbte Polaroids haben erfahrungsgemäß mehr als 30 Jahre auf dem Buckel. Opa selbst hat sich in dieser Zeit hingegen kaum verändert - auch modisch nicht. Der Ausspruch "nejmodischer Bleedsinn" galt bei ihm nicht nur im übertragenen Sinn. Auch seine Frisur blieb über die Jahrzehnte gleich. Die Haare wurden lediglich etwas weißer. Grau waren sie schon, als die ersten Farbfotos von ihm angefertigt wurden. Dass auch Opa in der Jugend mal eine andere Haarfarbe hatte, ist zwar anzunehmen. Wirklich bestätigen konnte er das allerdings selbst nicht. Mit der Frage, was denn eigentlich seine Haarfarbe war, bevor diese grau wurden, habe ich ihn einst überrascht. Opa geriet ins Grübeln und meinte schließlich: "Joh, suh blond irschendwie." Eine genauere Beschreibung konnte ich ihm nicht entlocken, denn "dot es fier misch net so wischdisch. Iwwer suhwot mache isch gohr net vill Worde". Meine Oma hätte es vielleicht gewusst, aber die war zum Zeitpunkt meiner Frage bereits verstorben.

Apfelmus mit Eiweiß-Beilage

Früchte und Salate aus dem eigenen Garten sind frisch und gesund. Obwohl man inzwischen auch alles im Supermarkt kaufen kann, pflegen deshalb viele Menschen weiterhin einen kleinen Nutzgarten. Ein Vorteil: Beim Gemüse vom eigenen Acker weiß man, dass keine Pestizide eingesetzt wurden. Man benötigt deshalb kein Bio-Siegel, um sicher zu sein, dass man Bio erhält. Ein Nachteil ist hingegen die Abhängigkeit von den Jahreszeiten. Die Erdbeeren sind eben reif, wenn sie reif sind - und nicht unbedingt, wenn man Lust darauf hat.

Opas großer Nutzgarten war auf eine mehrköpfige Familie ausgelegt. Aber selbst die konnte im Oktober nicht alle reifen Äpfel verzehren. Jedes Jahr brachte Opa deshalb einige Säcke seiner Ernte nach Höhr-Grenzhausen zur Kelterei, zahlte einen Aufpreis und tauschte sie gegen Westerwälder Apfelsaft ein. So hatte man noch viele Monate etwas von der Ernte. Einen Teil des Fallobstes verarbeitete meine Oma außerdem zu "Äppelschmeer", das eingekocht als haltbare Beilage perfekt zu "Erbelskuche" und "Erbelskrebbelscher" passte. Dass dabei unfreiwillig auch einige Würmer mitverarbeitet wurden, störte Opa nicht. Scherzhaft meinte er sogar, das "Äppelschmeer" aus seinem Garten sei aufgrund der enthaltenen Schädlinge besonders nahrhaft. "Doh es sugohr Eiweiß dren", sagte Opa dann augenzwinkernd. "Dot schohd naut un mescht satt", lobte der überzeugte Gärtner sein Bio-Produkt.

Kein Platz für eine Schippe

Wer ein Haus baut, kann bei Raumaufteilung und Gestaltung endlich alle persönlichen Vorlieben umsetzen, sofern das Budget es hergibt. Angesichts hoher Kosten erfüllen sich die meisten Menschen den Traum vom Eigenheim jedoch maximal einmal in ihrem Leben - und kein Plan ist so perfekt, dass es nach einigen Monaten oder Jahren nichts zu kritisieren gäbe. Mancher praktische Mangel zeigt sich eben erst im Alltag.

Das war auch bei meinem Opa so, der im Nachhinein unter anderem feststellen musste, dass die Position mancher Lichtschalter hinter den Türen nicht ideal war. Opa pflegte in solchen Fällen zu sagen: "Wer bout, find hinnerher immer ebbes!" Eine der größten Schwächen des ursprünglichen Bauplans konnte er aber immerhin noch abwenden, wie er später immer wieder erzählte. Dieser sah nämlich vor, die Garage hinter dem Haus - unweit der "Puddelkaut" für Bio-Abfälle - vorzusehen. Das hätte allerdings einen extrem aufwendigen Winterdienst nach sich gezogen, weil Opas Baugrundstück eine Hanglage hatte. Das noch größere Problem wäre aus seiner Sicht jedoch der Verlust des Außenkellers gewesen, den Opa dringend brauchte, um seine ganzen Gartengeräte zu verstauen. Alleine die Erinnerung an diesen ersten Entwurf des Bauplans ließ noch Jahrzehnte später seine Emotionen hochkochen. "Überlehsch dir dot emohl!", rief er dann aufgeregt. "Kaahne Keller! Doh konnt mah joh noch kaah Schepp fortdohn!" Und an diesem Punkt hört der Spaß für den Hobbygärtner nun wirklich auf.

Ein Hammer gegen die Industrialisierung

Vom sprechenden Alexa-Lautsprecher zum selbstfahrenden Auto ist es nicht mehr weit. Die Digitalisierung schreitet voran. Viele der neuen Geräte erleichtern unseren Alltag, aber es sind auch Ängste damit verbunden. Einige Berufe könnten in nicht allzu ferner Zukunft überflüssig werden. Wer braucht zum Beispiel noch einen Taxi-Fahrer, wenn sich die Fahrzeuge eigenständig von A nach B bewegen?

Auch mein Opa erlebte vor 40 Jahren Ähnliches. An seinem Arbeitsplatz, einer Fabrik in Wirges, wurden neue Maschinen angeschafft. Einige seiner Kollegen freuten sich zunächst über die Erleichterung, doch schon bald wurden weniger Arbeiter und neue Fähigkeiten im Umgang mit der Technik benötigt. Opa entschied sich für einen etwas früheren Renteneintritt, um "mehr im Goarde ze schaffe". Die finanziellen Abzüge nahm er in Kauf. Seinen jüngeren Kollegen, die voll des Lobes für die neuen Maschinen waren, gab er derweil noch eine kritische Anmerkung mit auf den Weg. "Ihr däht auch noch wiensche, Ihr hätt en Hammer genomme un die neije Abbaraade gabott gehaue!", meinte Opa. Ob diese Maßnahme die fortschreitende Industrialisierung aufgehalten hätte, erscheint mir jedoch zumindest fraglich.

Süßes aus der Neuen Welt

Als Opa ein kleiner Junge war, trug man im Westerwald noch keine Jeanshosen. Hollywoodfilme oder auch Cheeseburger waren auf dem Land noch unbekannt. Der zunehmende Einfluss der amerikanischen Kultur auf den Lebensstil junger Menschen blieb Opa nach dem Zweiten Weltkrieg zwar nicht verborgen. Seine Einstellung dazu war jedoch zeitlebens kritisch. "Amerikanischer Bleedsinn" war geradezu ein Synonym für jede Neuerung, deren Sinn sich Opa nicht erschloss.

Meine Oma hingegen war neugieriger. Sie wollte in den frühen 90er-Jahren nicht nur den Game Boy meines Bruders ausprobieren. Auch das Essen in diesen neuartigen McDonalds-Restaurants interessierte sie. Mit viel gutem Zureden konnte sie Opa schließlich zu einem "Macces"-Besuch nach dem obligatorischen Bekleidungseinkauf in Koblenz überreden. Sein Versuch, am Schalter eine Bratwurst zu bestellen, führte allerdings nicht zum gewünschten Erfolg, weshalb er schließlich doch mit einem Hamburger Vorlieb nehmen musste. Opas Urteil fiel erwartungsgemäß vernichtend aus. "Dot wohre lauder weische seeße Weck", berichtete er nach seiner Rückkehr aus Koblenz. "Dot es fier misch kei rischdisch Äße", lautete sein Fazit. "Dot es wie ebbes zem Schnuggele" - und natürlich "amerikanischer Bleedsinn".

Mit dem Drahtesel ins Büro

Seit vielen Monaten fordert eine Bürgerinitiative den Bau eines Radwegs zwischen Holler und Montabaur. Die ersten Pläne für ein solches Projekt sind sogar schon Jahrzehnte alt. Trotzdem ist der Radweg nicht in Sicht - zu teuer, argumentieren das Land Rheinland-Pfalz und der Landesbetrieb Mobilität (LBM) unisono.

Auch mein Opa hätte wahrscheinlich ungläubig mit dem Kopf geschüttelt, wenn ihm die gehandelten Summen zu Ohren gekommen wären. "Alle Mäschdischer!", hätte er gerufen und wohl gefordert, dass man einfach "eh bissche Grund nehwer die Strohs" kippen kann. "Dä Batsch fährt sisch irschentwann fest un dann es dot Pähdsche fier Räder wunderbar!" Schön, wenn es in der modernen Welt noch so einfach wäre ...

Dass es grundsätzlich eine gute Idee wäre, mit dem Rad von Untershausen nach Montabaur auf die Arbeit zu fahren, hat Opa allerdings zeitlebens selbst propagiert. "Dau kanns doch mem Rohd int Büro fohre!", sagte er stets zu mir. "Dah brauchste kei Audo un hos och noch Sprit gespart!" Auf der kurvenreichen Landesstraße zwischen Holler und Montabaur war mir das jedoch zu gefährlich, und deshalb kann ich mit den Worten meines Opas nur zusammenfassend sagen: "Bout den Weehsch liwwer flott! Billischer werd et net!"

Selbstbestätigung in der Zeitung gefunden

Wer lange mit Opa unter einem Dach lebte, kannte seine Lehren und Prinzipien sehr genau, denn Opa wiederholte diese geradezu mantra-artig. Zu seinen Lieblingsthemen zählte unter anderem das Stoßlüften am Morgen. Vermutlich bereute er es im Nachhinein, für sein Haus Fenster ausgewählt zu haben, die man auch kippen konnte. Die Kippfunktion lehnte er aus energetischen Gründen nämlich komplett ab. Auch im Sommer, wenn überhaupt keine Heizung eingeschaltet war, reagierte er darauf allergisch - und eine Diskussion konnte man sich sparen, weil Opa eben älter war und über mehr Lebenserfahrung verfügte. "Mah muss och Liehr onnomme", zählte schließlich ebenfalls zu seinen Leitsprüchen.

Wie regelmäßige Leser meiner Geschichten wissen, habe ich diese Lehren über Jahre immer wieder in einer Kolumne in der Westerwälder Zeitung verarbeitet. Natürlich wusste Opa das auch. An einem Morgen begann er jedoch etwas unkonzentriert mit dem Lesen einer solchen Glosse und bemerkte nicht, dass es sich um eine Anekdote über ihn selbst handelte. Aus den Augenwinkeln konnte ich allerdings schon nach kurzer Zeit sein zustimmendes Nicken beobachten. Mit der Kritik "Et werd och vill Mest in der Zäidung geschriwwe" musste ich an diesem Morgen jedenfalls nicht rechnen. Im Gegenteil: Als Opa die finale Belehrung gelesen hatte, würdigte er den Inhalt ausdrücklich mit dem Satz "Däh Mah hot genau rehscht". Es ist eben einfach schön, wenn man mit sich selbst im Reinen ist.

Doppelgängerin ohne Sonderrechte

Opa hielt die meiste Zeit seines Lebens nicht viel von Haustieren. Er betrachtete sie vor allem als Kostenfaktor, der Dreck bringt. Katzen waren noch einigermaßen akzeptiert, wenn sie sich von Mäusen ernährten. Mit Hunden konnte er hingegen gar nichts anfangen. Erst im hohen Alter änderte sich das ein wenig. Als mein Bruder beispielsweise ein Kaninchen anschaffte, baute Opa aus eigenem Antrieb einen Außenstall für Mümmel, "damet dä eh bissche on der fresche Loft remheppe kann". Und für meine Katze Nala richtete er später sogar ein provisorisches Bett in einem Holzlager ein, damit "dot Nanasche" nachts draußen nicht frieren muss.

Als ich eines Abends von der Arbeit nach Hause kam, wirkte Opa regelrecht verstört. "Haut es ebbes passiert", sagte er kopfschüttelnd und noch immer sichtlich mitgenommen zu mir. Eine Nachbarin hatte eine tote Katze am Straßenrand gefunden und sie für unsere Nala gehalten. Da ich im Büro war, verständigte sie meinen Opa, der das tote Tier mit nach Hause nahm und in einem Karton aufbewahrte. Den ganzen Nachmittag dachte Opa darüber nach, wie er mir den Tod meiner Katze möglichst schonend beibringen kann, als die echte Nala auf einmal putzmunter in sein Wohnzimmer marschierte und maunzte. Es war also nur eine Verwechslung, die allerdings deutlich machte, dass Opas Tierliebe auf wenige Exemplare beschränkt blieb. Die vermeintliche Nala schmiss er anschließend nämlich einfach in den Wald und ging zur Tagesordnung über. Ein würdiges Begräbnis in Opas Garten hatte sich die Doppelgängerin offensichtlich nicht verdient.

Die Jugend hat die Freck

Von einer fiesen „Männergrippe" flachgelegt, hatte ich am Wochenende Zeit, über die gewohnt charmanten Umschreibungen meiner Erkältung in Wäller Mundart nachzudenken. Die offizielle Diagnose für meinen Schnupfen und die damit verbundenen Gliederschmerzen würde wahrscheinlich „grippaler Infekt" lauten. Der Westerwälder hingegen sagt in der Regel schlicht: „Isch hon de Krach!" Besonders dramatische Verlaufsformen werden mitunter auch als „die Freck" beschrieben – wobei der Wäller üblicherweise nicht daran verstirbt, selbst wenn das Wort anderes vermuten ließe.

Auch mein Opa wurde gelegentlich von einer winterlichen Erkältung heimgesucht. Aus seinem Wohnzimmer waren dann laute Aua-Rufe zu hören. Manchmal schallte es auch „Au! Mei Knoche!" durch die Räume. Auf die Frage „Bist Du krank?" kam in solchen Fällen die Antwort „Isch hon de Dalles". Das kam trotz weitgehend unbeheizter Räume allerdings nicht häufig vor. Opa war abgehärtet und nur selten krank, was er gegenüber seinen Enkeln auch immer wieder mit Stolz verkündete. Schon kurz nach einer Erkältung hatte er diese komplett verdrängt und behauptete im Brustton der Überzeugung: „Isch wohr schon Johre nimmi krank!" Die jüngere Generation hingegen sei „empfindlich". Wer weiß: Vielleicht ist ein gesundes Selbstbewusstsein am Ende sogar hilfreich, um tatsächlich seltener krank zu sein.

Die Gabi aus Fernost

Meine Frau Lyn stammt ursprünglich von den Philippinen. Bevor sie im Jahr 2017 zu mir nach Deutschland zog, haben wir uns lange Zeit nur im Urlaub gesehen. Ansonsten beschränkte sich unser Kontakt aufs Schreiben von Nachrichten im Internet und einen wöchentlichen Video-Chat per Skype. Dieser konnte durchaus mehrere Stunden dauern.

Auch meinem Opa blieben diese langen Telefonate am Sonntagnachmittag nicht verborgen. Warum genau ich mich stundenlang auf Englisch mit meinem "Glotzkaste" unterhielt, war ihm jedoch schleierhaft. Als ich ihm erklärte, dass ich mit meiner Freundin am anderen Ende der Welt telefoniere, hatte er zunächst das Gefühl, ich würde ihn auf den Arm nehmen. Neugierig fragte Opa nach, ob er meine Gesprächspartnerin denn auch mal sehen könne. Eine Unterhaltung war leider nicht möglich, da mein Opa kein Englisch sprach und meine Frau zu diesem Zeitpunkt noch kein Deutsch. Völker verständigend wirkte die kurze Begegnung dennoch. Opa musterte meine Freundin konzentriert und musste wegen seiner schlechten Augen mehrmals mit dem Winkel des Handys experimentieren. Meine Freundin konnte sich ein Lachen schließlich nicht verkneifen. "Dot lacht joh wie suh en Gaaßebock", stellte Opa spontan fest. Dieses zweifelhafte Kompliment hatte er in der Vergangenheit auch meiner Schwägerin Sabine gemacht, die von Opa meist "Gabi" genannt wurde. Und noch etwas erinnerte ihn bei Lyn an die Partnerin meines jüngsten Bruders. "Dot hot en scheene ronne Kopp." Seitdem nenne ich meine Frau mitunter auch die "Gabi aus Fernost".

In Gefangenschaft ein paar Vokabeln gelernt

Männer, die im Deutschland der 1920er-Jahre geboren waren, wurden nicht selten zum Dienst in der Wehrmacht eingezogen, bevor sie volljährig waren. Die Jugend war in diesem Moment vorbei. Soldaten, die Krieg und Gefangenschaft überlebt hatten, waren anschließend oft so stark traumatisiert, dass sie kaum über die Erlebnisse redeten. Manches wollten die Familienmitglieder vielleicht auch gar nicht wissen.

Mein Opa sprach ebenfalls wenig über den Krieg. Ich weiß eigentlich nur, dass er als Flak-Helfer in Russland von einer Phosphorgranate getroffen und anschließend mit einem Güterzug in ein Lazarett bei Erlangen gebracht wurde. Dort geriet er bei Kriegsende in amerikanische Gefangenschaft, was aber freilich immer noch deutlich besser war, als an der Front zu sterben. Über die Zeit nach dem Krieg redete Opa häufiger. Vor allem der Hunger in der Gefangenschaft hatte ihn geprägt. Selbst Essensreste aus den Mülltonnen versuchte er zu erhaschen, was allerdings verboten war. "Doh durft mah sisch net erwesche losse." Seine rationierten Zigaretten tauschte er bei anderen Gefangenen gegen Lebensmittel ein, wenn diese lieber rauchen als essen wollten - eine manchmal tödliche Entscheidung. Erinnern konnte sich Opa außerdem an ein paar Vokabeln der Amerikaner. "Dä Ammi hot iwisch ‚Letschgo, Letschgo' geruffe", erzählte er mir einmal. Für einen kurzen Moment dachte ich, Opa sei vielleicht doch in russischer Kriegsgefangenschaft gewesen. Sein Nachsatz "Time is money" klärte das Missverständnis dann jedoch auf. Die Wäller Mundart kennt eben kein Englisch.

Glashäuser für reiche Schuster

Montabaur und die umliegenden Dörfer verbindet eine besondere Beziehung - und das ist nicht unbedingt eine Liebesbeziehung. Zu Zeiten, als das Leben in "Unnerschause" oder "Stohlwe" noch von bäuerlicher Armut geprägt war, lebten die Kaufleute in "der Stadt" bereits auf vergleichbar großem Fuß. Das Schloss als Wahrzeichen der Schusterstadt machte schon von Weitem deutlich, dass dort "Geldleijt" residierten. Der Rittersaal im Inneren des markanten Bauwerks erschien einfachen Dorfbewohnern lange Zeit ebenso unerreichbar wie eine Schulbildung auf dem "Kaiser-Wilhelms-Gymnasium".

Bei meinem Opa muss sich deshalb schon früh der Eindruck verfestigt haben, dass sich die Städter für etwas Besseres halten, und dieses Vorurteil legte er auch im Alter niemals ganz ab. Der Kommentar "Die Mondebejrer Schustern schnappe noch iwwer" gehörte jedenfalls zu seinem Standardrepertoire, wenn er in der Zeitung von einem neuen Bauprojekt in der Kreisstadt las. Vom ICE-Bahnhof und den benachbarten Bürogebäuden hatte Opa ebenfalls gehört, persönlich gesehen hatte er diese Bauwerke jedoch lange Zeit nicht. Erst wenige Jahre vor seinem Tod unternahm ich eine Spritztour mit ihm über die alte Staudter Straße in den neuen Stadtteil. "Alle Mäschdischer!", rief Opa erstaunt immer wieder, als wir langsam die Bahnallee entlangfuhren. "Hos dau dot gesehn?" Die dortigen Hochhäuser mit ihren gläsernen Fassaden müssen auf ihn fast wie Raumschiffe aus einem Science-Fiction-Film gewirkt haben. Sein Urteil fiel am Ende jedoch skeptisch aus. "Dot hej hat isch mir annerscht viergestellt", sagte Opa zu mir. "Dot es joh alles aus Glohs! Dot senn fier misch kah rischdische Heijser."

Als der Weihnachtsbaum brannte

Jedes Jahr am Silvesterabend begrüßen Menschen auf der ganzen Welt das neue Jahr mit einem Feuerwerk. Mein Opa allerdings konnte dieser Tradition nie etwas abgewinnen. "Die hon all ze vill Geld", schimpfte er regelmäßig, wenn die Ballerei begann. "Die schieße ihr Geld in die Loft! Dot lähsch mir off", ergänzte er meist noch. Seine Ablehnung der Pyrotechnik hatte aber nicht nur finanzielle Gründe. Er hatte überdies Bedenken, dass die Häuser und Fahrzeuge in der Umgebung Feuer fangen könnten.

Warnend erzählte Opa immer wieder, wie in den 60er- oder 70er-Jahren ein Weihnachtsbaum in seinem Wohnzimmer in Ransbach-Baumbach abgebrannt war. Meine Oma wollte kurz vor der Entsorgung des Baums noch die restlichen Wunderkerzen aufbrauchen. Die Äste und Nadeln waren allerdings schon so trocken, dass der Baum rasch in Flammen stand. Ein schnell herbeigeeilter Nachbar konnte durch einen beherzten Wurf aus dem Fenster größeren Schaden geradeso noch abwenden. Unschöne schwarze Spuren hatte der Vorfall aber dennoch hinterlassen. Seitdem hatte Opa so großen Respekt vor Wunderkerzen, dass sie ihm noch mehr Angst machten als ein lauter Chinaböller. Auch die echten Wachskerzen am Baum wurden im Laufe der Zeit durch eine elektronische Lichterkette ersetzt. Das traditionelle Lametta freilich durfte noch in meiner Kindheit in den 1980er-Jahren nicht fehlen.

Für die plötzliche Pandemie gewappnet

Die Corona-Krise hat uns die eigene Verwundbarkeit drastisch vor Augen geführt - und das nicht nur durch ein bedrohliches Virus. Wer hätte es zum Beispiel vorher für möglich gehalten, dass von heute auf morgen nahezu alle Geschäfte geschlossen werden und man teilweise sogar zum Einkaufen von Lebensmitteln Schlange stehen muss? Vielen Menschen wurde plötzlich klar, wie abhängig sie im Alltag von funktionierenden Handelsstrukturen sind. Ich jedenfalls wäre völlig aufgeschmissen, wenn ich von heute auf morgen meine Lebensmittel selbst herstellen müsste.

Mein Opa hingegen ist damit groß geworden. Die Obst- und Gemüseernte aus dem eigenen Garten wurde im Herbst für den Winter haltbar gemacht und eingelagert. Reife Bohnen trocknete mein Opa auf dem seinerzeit noch nicht isolierten Dachboden, damit meine Oma "Buhnesopp" auf Vorrat kochen konnte, die anschließend portionsweise eingefroren wurde. Das Obst wurde teilweise eingekocht, um es als Nachtisch verfügbar zu haben. Die "Erbelskest" in unserem Keller war noch bis zur Jahrtausendwende jährlich im Oktober gut gefüllt. Das Einbringen der Ernte beschäftigte meinen Opa jedes Jahr mehrere Wochen. Es war ein enormer Aufwand, dessen Wert sich aber vor allem in Krisenzeiten zeigt. Opa hätte sich während des Corona-Lockdowns problemlos ohne Einkäufe selbst versorgen können. Lediglich seine Kochkünste ließen zu wünschen übrig.

Vergebliches Hoffen auf einen Lottogewinn

Vor mehr als 20 Jahren hatte einer meiner Brüder in der Schule die Hausaufgabe erhalten, eine Person aus der Familie oder dem Freundeskreis zu beschreiben. Mein Bruder wählte damals unseren Opa aus. Viele charakteristische Adjektive fielen ihm allerdings nicht ein. Begriffe wie "anspruchslos" oder "bescheiden" zählten noch nicht zu seinem Wortschatz. Deshalb beschrieb er Opa vor allem anhand von Äußerlichkeiten und Verhalten. Ich erinnere mich noch gut an Formulierungen wie "Opa trägt immer alte Klamotten" oder auch die Passage "Manchmal trinkt er einen ganzen Tag gar nichts, weil es im Krieg auch nicht immer etwas zu trinken gab". Wir haben uns in der Familie köstlich über diesen Aufsatz amüsiert, und wahrscheinlich hatte auch der Lehrer seinen Spaß daran.

Wenn man Opa selbst gefragt hätte, wie er sich charakterisieren würde, hätte er vermutlich "ahnfach" und "ohrm" gesagt. Den Begriff "einfach" würde ich mit "genügsam" gleichsetzen. Armut hingegen ist streng genommen ja keine Charaktereigenschaft. Sie war für Opa in der Kindheit und Jugend jedoch so prägend, dass sie auch im Alter sein Handeln erklärte. Selbst als er objektiv nicht mehr arm war, fühlte sich Opa weiterhin arm. Und wenn er von einem Lottogewinn hörte oder las, sagte er stets: "Die kinde mir mohl ebbes abgebe. Isch senn en ohrme Rentner!" Fast unnötig ist es, in diesem Zusammenhang zu erwähnen, dass Opa selbst nie Lotto spielte, denn die Ausgaben für den Tippschein betrachtete er stets als "unnuhtwennisch". Oder anders formuliert: "Doh werd unniedisch en Haafe Geld verprasst!"

Ein Geschenk für jedes Alter

Das Auswendiglernen von Gedichten in der Schulzeit scheint bei vielen Menschen dauerhaft Spuren zu hinterlassen. Selbst im Rentenalter können manche noch fehlerfrei Goethes Erlkönig oder auch Schillers Glocke aufsagen, wie mein Opa mütterlicherseits mitunter beweist. Die Zeilen haben sich fest ins Gehirn gebrannt. Auch ich werde die ersten Sätze aus Shakespeares Macbeth vermutlich nie vergessen. Mit Geburtsdaten oder Telefonnummern habe ich hingegen meine Schwierigkeiten. Um sie mir zu merken, brauche ich eine Eselsbrücke.

Mein Ferdinand-Opa hingegen war trotz seiner musikalischen Begabung eher ein Zahlenmensch, wenn es ums Behalten ging. Gedichte gehörten nicht zu seinem Repertoire. Die Geburtstage sämtlicher Familienmitglieder hat er hingegen auch in hohem Alter nie vergessen - jedenfalls den Tag und den Monat nicht. Beim Geburtsjahr lag er mitunter dezent daneben, wie ich selbst feststellen musste, als er mir mit nicht einmal 40 Jahren im Brustton der Überzeugung zum 60. Geburtstag gratulierte. Beim Geschenk war das Alter aber ohnehin egal, und es spielte auch keine Rolle, ob es sich um einen runden Geburtstag handelte. "Bei mir krieht jeder 20 Mark", pflegte Opa stets zu sagen. Es sollte schließlich niemand behaupten können, Opa habe ihn bevorzugt oder benachteiligt. "Bei mir werrn se all gleisch gehaale", ergänzte er deshalb noch. Dass die Geschenke später tatsächlich in Euro ausbezahlt wurden, hatte wie üblich "naut zu bestelle".

Eine praktisch neuwertige Lampe

Wie die Leser meines ersten Buchs wissen, betrachtete Opa alles nach dem Zweiten Weltkrieg Produzierte und Erbaute als neu. Selbst 50 oder 60 Jahre nach Kriegsende durften Gegenstände, die erst nach dem Krieg produziert worden waren, nicht kaputt gehen. Wenn es doch passierte, war Opa fassungslos. Energisch suchte er dann nach dem Übeltäter, der diesen Schaden verschuldet haben muss. Über einen Riss im Glas seines Balkongeländers kam er nie wirklich hinweg. Der Schaden war zwar nicht groß genug, um ihn reparieren zu lassen - aber ärgerlich genug, um ihn immer wieder in den Blick zu nehmen. "Isch mehscht emohl wesse, wer dot wohr", sagte Opa ein ums andere Mal.

Ähnliches galt für die kleine Nachtlampe in seinem Flur, die mit einer Zugschnur ein- und ausgeschaltet wurde. Diese Schnur scheuerte jahrelang über eine Metallkante, was sie irgendwann reißen ließ. Die fest installierte Lampe war danach nutzlos. Die Ursache war wohl eine Mischung aus einem Konstruktionsmangel und natürlichem Verschleiß. Opa jedoch hatte seine Enkel als die Schuldigen ausgemacht. "Dot es gabott gange, weil ihr doh suh dronn geroppt hot!", lautete sein wiederholt geäußerter Vorwurf. Widerspruch war zwecklos, denn die Lampe war erst "noohm Kriehsch" angeschafft worden und damit praktisch neu.

Als Obst noch etwas Besonderes war

Reichtum und Wohlstand haben in den vergangenen Jahrzehnten nicht zuletzt das Ernährungsverhalten der Deutschen verändert. Während es in der Jugend meines Opas üblicherweise nur sonntags Fleisch gab und man sich die Woche über von den Erträgen des eigenen Gartens ernährte, ist heute bewusster Verzicht aus gesundheitlichen oder ethischen Gründen gefragt, denn verfügbar ist günstiges Fleisch immer und überall. Ähnliches gilt für Süßigkeiten.

Mein Opa erzählte immer, wie die Kinder früher die Obsternte herbeisehnten, um etwas Süßes zu schmecken. "Äbbel, Embam un Quetsche" gab es damals eben nur, wenn diese Früchte im Westerwald reif waren. Sein eigener Großvater Michel bewahrte für die entbehrungsreiche Zeit sogenannte Zuckersteine in einer Dose auf, die er vor seinen Enkeln versteckte. Diese freilich suchten nach den "Zuckerstah", um sie in einem Versteck heimlich zu schlemmen. Mit heutigen Süßigkeiten waren sie jedoch nicht zu vergleichen. Es handelte sich um einfachen Würfelzucker, den man inzwischen allenfalls noch zum Süßen des Kaffees benutzt. Seine eigenen Zuckersteine bewahrte Opa übrigens bis zuletzt ebenfalls in einer kleinen Dose im Schrank auf. Er musste allerdings nicht befürchten, dass seine Enkel diese hinter seinem Rücken "stibitze" und verzehren, denn es handelte sich lediglich um günstige Eukalyptusbonbons, die für uns noch uninteressanter waren als die Obsternte.

Ordnung ist das ganze Leben

Wenn ich mich morgens auf den Weg ins Büro machen will, kann die Suche nach dem Autoschlüssel zu einem entscheidenden Zeitfaktor werden. Ich würde mich selbst zwar nicht als besonders unordentlich beschreiben. Jedenfalls kann ich mich nicht daran erinnern, jemals irgendetwas unauffindbar verlegt zu haben. Ich habe für viele Dinge allerdings auch keinen festen Platz. Es gibt immer mehrere Möglichkeiten, wo die Brille, der Schlüssel oder auch die Geldbörse sein könnten.

Bei meinem Opa war das hingegen undenkbar. Bei ihm hatte alles seinen festen Platz. "Isch kann im Dungele in die Kisch giehn", pflegte er zu sagen, und das waren fast schon geflügelte Worte. "Wenn isch in die Schuwwelohd greife, wahs isch, wot isch in der Hand hon." Diese Ordnung zeichnete Opa tatsächlich aus, und in 99,9 Prozent der Fälle konnte man sich darauf auch verlassen. In zehn Jahren kam es vielleicht einmal vor, dass er seinen Schlüssel oder das "Podmanie" suchte. Dann jedoch konnte Opa ungemütlich werden. Denn dass er den vermissten Gegenstand selbst verlegt hatte, erschien ihm völlig ausgeschlossen. Glücklicherweise tauchten die Dinge irgendwann in einer seiner eigenen Jacken- oder Hosentaschen wieder auf - was für Opa dann fast einem Wunder gleichkam. "Dot hej, dot kann isch nisccht begreife", wiederholte er dann mehrmals fassungslos, und hatte sein Versagen schon bald wieder verdrängt.

Kein Interesse an Ausflügen in die Region

Als ich noch alleinstehend war und bereits mein eigenes Geld verdiente, versuchte ich, jedes Jahr ein anderes Land zu bereisen. Vor Ausbruch der Corona-Pandemie war das bekanntlich auch außerhalb Europas problemlos möglich. Auch mein Opa war nach seiner Rückkehr aus der Kriegsgefangenschaft mehrere Jahre lang ungebunden und heiratete erst vergleichsweise spät. Es wäre ihm jedoch nie in den Sinn gekommen, in seiner Freizeit in der "Weltgeschischt remzefliehe". Das Ausland hatte er unfreiwillig als Soldat kennengelernt. Die Kriegserlebnisse waren so traumatisierend, dass er danach kein Bedürfnis mehr verspürte, seine Heimat "aus Jux un Dollerei" zu verlassen. Den jährlichen Sommerurlaub in Oberbayern musste sich meine Oma in späteren Jahren regelrecht erbetteln, und auch an Ausflügen zum Rhein oder in den oberen Westerwald zeigte Opa kein Interesse.

Als Opa mit fast 90 Jahren ein Foto der Hachenburger Altstadt in der Zeitung erblickte, war er folglich sehr überrascht, wie gepflegt die Fachwerkfassaden der historischen Innenstadt inzwischen aussehen. "Dot Hachebursch, dot hot sisch ganz scheh gemacht", stellte Opa anerkennend fest. "Doh senn isch schon länger nimmi gewese", ergänzte er. Die Antwort auf meine Frage, wann er denn zuletzt in Hachenburg war, überraschte mich dann allerdings trotzdem. "Met der Hitlerjugend", meinte Opa knapp, und ich musste erstmal schlucken.

Wenn die Zeit immer schneller vergeht

Als Kind kamen mir sechs Wochen Sommerferien unendlich lange vor. Heute hingegen vergeht eine solche Zeitspanne für mich wie im Flug. Ich habe mir vor einigen Jahren sogar einmal ein Sachbuch zu diesem Thema gekauft, um zu erfahren, warum das Leben gefühlt immer schneller vergeht, wenn man älter wird. Die Erklärungen bewegten sich letztlich aber auch nur im Bereich von Vermutungen.

Mein Opa jedenfalls teilte mir zu meinem Erschrecken irgendwann einmal mit, dass sich dieser Effekt mit zunehmendem Alter immer weiter verstärkt. "Ma wahs bahl nimmi, wot fier eh Johr grohd es", meinte er dann. Ich erinnere mich noch gut daran, wie er an einem Karfreitag zu mir sagte: "Nau es Uhstere bahl och schon widder rem!" Dabei standen die eigentlichen Feiertage noch bevor.

Ein anderes Mal warf Opa mich frühmorgens aufgeregt aus dem Bett. Seine Tiefkühltruhe hatte über Nacht den Geist aufgegeben, und die Ernte aus dem Garten drohte aufzutauen. "Hej muss sofort en anner Truh hin", lautete die Ansage. Das ist freilich gar nicht so einfach umzusetzen, da man eine Tiefkühltruhe ja üblicherweise nicht im eigenen Auto transportieren kann. Meinen entsprechenden Einwand ließ Opa angesichts seines fortgeschrittenen Zeitempfindens allerdings nicht gelten. "In meinem Alder kamma nimmi wohrde!", machte er mit Nachdruck deutlich. "Dot kanns de denne Kerle ruhisch su sohn."

Der lange Weg zum Einheimischen

Auf dem Land, so scheint es, vertraut man vor allem den Menschen aus dem eigenen Ort. Zumindest glaubt man, sie zu kennen und ihr Verhalten einschätzen zu können. Wenn in unserem Heimatdorf jemand über die Straße lief, den Opa nicht kannte, verfolgte er diesen hingegen oftmals mit misstrauischen Blicken. Falls dann auch noch eine besonders ausgefallene Mode hinzukam, war Opa die Person suspekt.

Ich erinnere mich noch gut an eine elegant gekleidete Dame in eher städtischem Outfit, die an einem Sommertag unser Küchenfenster passierte. "Alle Mäschdischer!", rief Opa erschreckt. "Wot hot die dah fier en Hut off? Mah mahn, die käm aus de 20er-Johre." Für Opa stand sofort fest: "Dot senn Zugezohene!" Ein Einheimischer würde solche Kleidung nicht tragen. Auch Straftaten traute Opa den eigenen Nachbarn nicht zu - jedenfalls nicht, wenn sie "geberdisch aus Unnerschause" waren. Bei Fremden hingegen, die neugierig durch den Ort schlichen, vermutete Opa, dass sie etwas im Schilde führen könnten, eine sogenannte "Unduchterei".

Es ist im Übrigen schwierig zu sagen, ab der wievielten Generation die Nachfahren eines Neubürgers nicht mehr als "Zugezohene" gelten. Abhängig war dies bei Opa aber in jedem Fall auch von der geografischen Entfernung zum ursprünglichen Heimatort der Person, der gesprochenen Mundart und der Konfession. Ein katholischer Westerwälder war grundsätzlich weniger verdächtig, "naut zu daache", und möglicherweise sogar im Dorf willkommen.

Donnerschlag im Schlafzimmer

Einige meiner frühen Kindheitserinnerungen verbinde ich mit Schlagermusik. Schließlich verfolgten meine Großeltern nicht nur regelmäßig die ZDF-Hitparade mit Dieter Thomas Heck im Fernsehen. Auch in ihrem Radio liefen Lieder von Udo Jürgens oder auch Roland Kaiser. Meine kindliche Version des Schlagers "Santa Maria" mit einigen eigenen Wortschöpfungen sorgt noch heute für Erheiterung in der Familie, wenn wir uns daran erinnern.

Textsicher konnte ich hingegen den Titel "Hier ist ein Mensch" von Peter Alexander vortragen - und das tat ich regelmäßig, wenn ich Einlass ins Schlafzimmer meiner Großeltern begehrte. Nachdem ich die Textzeilen "Hier ist ein Mensch, der will zu dir. Du hast ein Haus, öffne die Tür" vorgesungen hatte, durfte ich den Raum betreten. Als Kindergartenkind hatte ich großen Spaß daran, in Opas Bett mit dessen Decke eine Höhle zu bauen und mich darin zu verkriechen. Schon kurz nach meinem Einzug in den Unterschlupf, grummelte es dort allerdings bedrohlich. "Wot wohr dot dah?", fragte Opa vermeintlich überrascht. "Mah mahnt bahl, et hätt gedunnert." Ganz so unschuldig, wie Opa tat, war er allerdings nicht. Der Sauerstoffgehalt in meiner Höhle jedenfalls verschlechterte sich nach dem Donnerschlag rapide. An Schlagergesang war nicht mehr zu denken. Und während Opa noch über seinen derben Streich lachte, hatte ich bereits gelernt, dass längst nicht jedes Gewitter die Luft reinigt.

Mit dem Wasserweck die Pfanne geputzt

Opa zählte zu einer Generation, in der Männer nicht kochen konnten - und es auch nicht mussten, sofern es nicht ihr Beruf war. Vermutlich stand er erst nach dem Tod meiner Oma zum ersten Mal in seinem Leben selbst am Herd. Sechs Tage pro Woche wurde er zu dieser Zeit zwar von meiner Mutter verköstigt. Samstags allerdings gab es bei uns fast jede Woche etwas Italienisches wie Pizza, Lasagne oder auch Tortellini-Auflauf. Das war so gar nicht nach Opas Geschmack, weshalb er sich notgedrungen irgendwann doch selbst mit Kochtopf und Bratpfanne auseinandersetzen musste.

Auch Opa hatte in der Folge seine samstäglichen Standardgerichte. Während er einen "Hängel Fleischwurscht mit Knoblauch" unfallfrei selbst aufwärmen konnte, lief die Zubereitung der Nürnberger Rostbratwürstchen mit Zwiebeln schon etwas unkonventioneller ab. In Opas Bratpfanne landeten jedenfalls regelmäßig auch jede Menge Zwiebelschalen, was ihn aber nicht zu stören schien.

Das fertige Gericht wurde schließlich direkt aus der Pfanne verzehrt, um nicht "unniedisch" weiteres Geschirr dreckig zu machen. Als Beilage gab es stets ein "Schessje vom Horbacher Bäcker". Diesen Wasserweck nutzte Opa sogleich, um die Pfanne vom Bratfett und den restlichen Zwiebeln zu reinigen. "Bei mir werrn kei Urtze gemacht", pflegte er dann zu sagen. Und die Pfanne sah am Ende so sauber aus, dass man sie praktischerweise ungespült gleich wieder in den Küchenschrank stellen konnte.

Auf dem Friedhof selbst Hand angelegt

Wenn ein geliebter Mensch stirbt, ist das für die nahen Angehörigen ein Schock. Selbst wenn sich der Tod schon länger abgezeichnet hat, muss erst einmal verarbeitet werden, dass dieser Abschied ein dauerhafter ist. Mein Opa war ein Mann der Tat. Über seine Gefühle zu sprechen, kam ihm auch in einer solchen Situation nicht in den Sinn. Nach dem Tod meiner Oma wollte er sich deshalb vor allem nützlich machen.

An einem Januartag 1999 nahm er mich mit auf den Friedhof in Untershausen, um die Grabstätte seiner Eltern für die Bestattung meiner Oma vorzubereiten. Mein Urgroßvater war damals schon mehr als 50 Jahre tot, sodass das Grab neu belegt werden konnte. Opas Ziel war es an diesem Tag, "Pisch und Blohme, die noch gut senn", vor dem Bagger des Bestattungsunternehmens zu retten. Für ihn war es offenbar ganz normal, auf dem Friedhof zu arbeiten, während seine verstorbene Frau aufgebahrt in der benachbarten Leichenhalle lag. Der Mitarbeiter des Bestattungsinstituts wirkte hingegen etwas überrascht, als er den Witwer auf dem Grab antraf. Und Opa hatte sogleich auch noch einige prägnante Arbeitsanweisungen für ihn parat: "Hej leijt mei Mamme, hej leijt mahne Babbe. Do owe leijt mei Frah, die kimmt hej renn", erklärte er dem verdutzten Mitarbeiter - und während dieser mit einem Seil den Grabstein anhob, entfernte Opa schnell noch mit ein paar gezielten Schippenschlägen "den Batsch vom Stah". Es war ein eher rustikaler Umgang mit dem Tod, aber für Opa war es offenbar der Richtige.

Einmal quer über die Kuchentafel

Die Menschen in Deutschland werden durchschnittlich immer dicker. Vor allem bei der Einschulung von Kindern fällt häufiger auf, dass diese unter Übergewicht und motorischen Mängeln leiden. Als mein Opa ein Kind war, brauchte sich die Gesellschaft hierüber freilich noch keine Sorgen zu machen. Übergewicht war damals noch ein Zeichen für Wohlstand, und die meisten Familien auf dem Land waren arm. Wenn Opa von "dicken Bouern" sprach, meinte er damit jedenfalls nicht nur den Taillenumfang.

Opa selbst blieb allerdings auch später diszipliniert, als er sich mehr leisten konnte. Es war ihm stets wichtig, Maß zu halten und auch beim Essen "net ze iwwertreiwe". An normalen Werktagen aß er deshalb stets um die gleiche Zeit eine nahezu identische Menge. Sich aus purer Lust noch einen Nachschlag zu genehmigen, kam für ihn nicht infrage. Nur an Feiertagen verstieß er gegen dieses Prinzip. An Weihnachten oder Ostern zum Beispiel war es bei uns üblich, dass vier oder fünf unterschiedliche Kuchen und Torten angeboten wurden. Meine Mutter fragte dann: "Gottfried, wot wells dau dah honn?" Und Opa antwortete stets: "Isch fange vorne onn un hiere hinne off." Erst hinterher wollte er verkünden, welcher Kuchen seiner Meinung nach der Beste war. Der Gewinner war stets ein "troggener Kuche", denn Sahnetorten mochte Opa nicht besonders. Oder wie er selbst gesagt hätte: "Batschkuche schmaggt mir net."

Auf dem Juxplatz das große Los gezogen

Als Student lebte ich fünf Jahre lang in München. An den regelmäßigen U- und S-Bahn-Verkehr in der Großstadt hatte ich mich dort schnell gewöhnt. Auch die spontanen Einkaufsmöglichkeiten buchstäblich an jeder Ecke wusste ich zu schätzen. Gefehlt haben mir allerdings die schönen Wanderwege im Wald, die ich an meiner Heimat so mag.

Als mein Opa ein junger Mann war, wurden Fußwege hingegen nur selten zum Vergnügen zurückgelegt. Opa machte erst mit ungefähr 40 Jahren den Autoführerschein. Zuvor war er es gewohnt, viele Strecken zu Fuß gehen zu müssen. Vor allem in seiner Kindheit und Jugend war dies absolut üblich: Der regelmäßige Kirchgang in einen Nachbarort etwa stand auch bei schlechtem Wetter nicht zur Debatte. Einmal im Jahr marschierte meine Urgroßmutter mit den Kindern sogar nach Staudt auf die Kirmes, um dort Verwandtschaft zu besuchen, was für damalige Verhältnisse fast schon eine kleine Weltreise war. Auch eine seiner schönsten Kindheitserinnerungen verband Opa mit einem ähnlichen Anlass. Sein eigener Großvater, Trains Michel, war mit ihm zu Fuß nach Montabaur gegangen, um auf der Kirmes den Juxplatz mit seinen Schaustellern zu besuchen - eine Tour, die in etwa einer Stunde zu schaffen war, wenn man zügig marschierte. Auf dem heutigen Konrad-Adenauer-Platz spendierte der Michel seinem Enkel dann ein paar "Penning", die dieser sogleich an der Losbude investierte. Und siehe da: Opa gewann tatsächlich ein Taschenmesser, wie er noch Jahrzehnte später freudig erzählte.

Als Rentner noch ein Jungspund

Als ich vor nicht allzu langer Zeit meinen 40. Geburtstag feierte, überkam mich ein komisches Gefühl - denn ich kann mich noch sehr gut daran erinnern, als meine Eltern in diesem Alter waren. Sie erschienen mir damals deutlich älter, als ich mich nun fühle. Aber so geht es vermutlich fast allen Menschen beim Blick auf ältere Generationen. Eine Schwester meines Opas, die in Bottrop lebte, reagierte einst fast schon beleidigt, als meine Mutter vom Tod einer betagten Dame aus dem Bekanntenkreis berichtete. "Die war doch noch nicht alt", rief die Schwester meines Opas erschreckt. "Die war höchstens in meinem Alter!" Und das lag zu diesem Zeitpunkt ungefähr bei Mitte 80.

Auch mein Opa hatte dazu eine ähnliche Einstellung, und deshalb blieb mein anderer Großvater für ihn stets ein Jungspund - auch als dieser selbst das Rentenalter erreichte. "Däh kann newebei noch eh bissche wot schaffe und sisch noch ebbes bei die Rende verdiene", meinte Opa Gottfried ganz selbstverständlich, als er selbst bereits auf die 90 zusteuerte und Opa Willi das siebte Lebensjahrzehnt vollendet hatte. Dass er selbst schon mit 60 in den Ruhestand getreten war und seitdem keiner Nebenerwerbstätigkeit mehr nachging, ließ er als Ausrede jedenfalls nicht gelten. "Dofiehr hon isch joh im Goarde geschafft. Doh hot ihr all wot von!", erklärte er mir, und räumte just in diesem Moment ein, dass er sich selbst inzwischen zu den älteren Leuten zählt. "Isch wienscht, isch wär nommo 60. Da kinnt isch noch ganz annerschters draußerem menge."

Alte Tabletten aus der Nachbarschaft

Dass meine Oma einmal vor meinem Opa sterben würde, hatte sich lange abgezeichnet. Sie war schon jahrelang kränklich und musste ab und zu auch zur Behandlung ins Krankenhaus. Opa hingegen hatte jahrzehntelang noch nicht einmal einen Hausarzt. Medikamente nahm er erst ein, als mit über 80 Jahren auch bei ihm Bluthochdruck diagnostiziert wurde. Zuvor lehnte er sogar Kopfschmerztabletten kategorisch ab, denn "dovon giehn die Niere gabott".

Nach dem Tod meiner Oma musste Opa dann jedoch einige angebrochene Packungen mit Medikamenten entsorgen. Diese einfach in den Hausmüll zu werfen, kam angesichts strenger Moralvorstellungen bezüglich der Mülltrennung nicht infrage. Es war ihm allerdings auch sichtlich unangenehm, die Tabletten in eine Apotheke zu bringen. Man konnte fast den Eindruck gewinnen, er fühle sich wie ein Drogendealer - für Opa ein echter Gewissenskonflikt. Schließlich gab er sich einen Ruck, packte alles in einen Plastikbeutel und fuhr nach Montabaur in eine Apotheke. Nach einiger Zeit kehrte er sichtlich erleichtert nach Untershausen zurück. "Isch hon ahnfach gesoht, die Tabledde wäre von ner äller Frah aus der Nohbarschaft", fasste er seine Erlebnisse zusammen. Und zu seiner Erleichterung wurden die alten Medikamente sogar kostenlos angenommen und entsorgt.

Ein Kneipchen als Insektizid

Manche Menschen hätten meinen Opa wohl als Naturburschen bezeichnet. Er hielt sich in der schönen Jahreszeit jedenfalls wesentlich lieber im Freien auf als in geschlossenen Räumen. Mitunter traf man ihn tagelang nur zu den Essens- und Schlafenszeiten in seiner Wohnung an. Pollen und Dreck konnten ihm nichts anhaben, und auch vor Insektenstichen hatte er keine Angst. Allerdings hatten Krabbeltiere und "Micke" gefälligst draußen zu bleiben. Im Haus verfolgte Opa sie mit aller Härte. Und so wunderte es mich auch nicht, als er den Wespen auf unserem Dachboden den Kampf ansagte.

"Dä Speischer" glich in jenem Spätsommer der 2010er-Jahre einem einzigen Nest. Überall summte es. Wo genau die Wespen herkamen, konnten wir allerdings nicht herausfinden. Sie hatten sich offenbar irgendwo in der Glaswolle zwischen den Dachbalken verschanzt und suchten vergeblich einen Weg ins Freie. Den immer weiter wachsenden Bestand in unserem Flur konnte ich schließlich nur noch mit einem Spray eindämmen. Mein Opa sorgte anschließend für klare Verhältnisse und zerschnitt die am Boden liegenden Wespen allesamt mit einem "Kneipsche". Als ich diese Geschichte im Büro erzählte, waren einige meiner Arbeitskollegen schockiert. "Das darf man nicht, die stehen unter Naturschutz", sollte ich meinem Opa ausrichten. "Die hon gut schwätze", kommentierte Opa die belehrenden Worte lapidar. "Isch mehscht die emohl hiere, wenn se von ner Wespel in de Arsch gepitscht werrn."

Schulnoten für die Versorgungsehe

Obwohl Opa fast jeden Abend vor dem Fernseher saß, schaltete er praktisch nie einen Spielfilm ein. Western, Krimis oder gar Actionfilme waren in seinen Augen "unniedisches Geschrei" und deshalb "lauder Bleedsinn". Aber auch einem romantischen Liebesfilm konnte er nichts abgewinnen. Vielleicht erschien ihm die Handlung einfach zu realitätsfremd. In seiner Jugend hielten die meisten Menschen noch nicht viel von der Liebe auf den ersten Blick. Die Versorgungsehe war hingegen auf dem Land durchaus noch üblich. Eine Schwester meines Opas zog es deshalb ins Ruhrgebiet, zwei Schwestern "wohre on de Rhein verheirot". Eine Schwester meiner Oma hatte es gar nach Amerika verschlagen. Die Stammhalter hingegen blieben meist im Heimatort und kümmerten sich dort um Haus und Hof.

Erstaunt war ich, als ich vor einiger Zeit einige Schulzeugnisse meiner Großeltern auf dem Dachboden fand. Während die Leistungen meines Opas in Rechnen, Rechtschreibung oder auch Heimatkunde darin detailliert aufgeführt waren, beschränkten sich die Leistungsbeurteilungen meiner Oma auf Verhalten und haushaltstaugliche Handarbeit - dazu zählte in der Praxis übrigens sogar das Herauslegen der passenden Garderobe für den Gatten. Dass auch Frauen später ihr eigenes Geld verdienen, war in den 30er-Jahren im Westerwald offenbar noch nicht vorgesehen. Schon direkt nach dem Krieg kam es freilich anders, denn es gab schlichtweg nicht mehr genügend Männer für die Versorgungsehe.

Schokoladenpudding zum Jubelfest

Obwohl Opa zeitlebens kein großer Freund von Familienfeiern war, sah er sich zu seinem 90. Geburtstag in der Pflicht, ein Fest auszurichten. Das übliche Vorgehen "Die Weiweleit backe poor Kuche un mache poor Stegger" wäre selbst nach Opas Vorstellungen dem Anlass nicht gerecht geworden. Deshalb bestand er darauf, ein warmes Essen von einem Partyservice zu bestellen - auch wenn er dieses Wort natürlich nicht benutzt hat. Unsere Wahl fiel schließlich auf einen Anbieter aus Alpenrod bei Hachenburg, den ich gemeinsam mit Opa aufsuchte, um die Speisen auszuwählen. Zumindest wollte ich gerne, dass sein persönlicher Geschmack an seinem Ehrentag berücksichtigt wird.

Interessiert blätterte Opa dort zunächst in der Speisekarte. Die Auswahl schien ihn jedoch zu überfordern. "Such dau ebbes aus! Dau wahs joh, wot isch gern äße", teilte er mir irgendwann mit. "Schnitzel, Erbel un Schokoladebudding", gehörten nach seiner Ansicht bei einem solchen Anlass dazu. Letzteren musste ich mangels Alternativen allerdings eigenmächtig durch Mousse au Chololat ersetzen. Ansonsten vertraute er auch bei der Mengenkalkulation den jüngeren Generationen. Der Ansprechpartnerin vom Partyservice teilte Opa vor unserer Abfahrt dann noch mit, dass der 90. Geburtstag auch für ihn keine Selbstverständlichkeit ist: "Im Kriehsch hot net vill gefehlt, da breecht isch haut gornaut mieh auszesuche!"

Wenn Symmetrie plötzlich zweitrangig ist

Als Opa vor etwa 50 Jahren einen Bauplatz in seinem Heimatort Untershausen kaufte, achtete er unter anderem auf ein großes Grundstück. Sein Ziel war es nämlich, einen Nutzgarten für Obst und Gemüse anzulegen. Theoretisch wäre dort auch Platz für eine Gartenhütte oder einen kleinen Grillplatz gewesen. Doch auf solche Dinge legte Opa keinen Wert. Im Gegenteil: Eine Feuerstelle hätte sein ästhetisches Empfinden gestört, denn ein weiteres Kriterium für einen perfekten Garten war optische Symmetrie.

Insgesamt vier Äpfelbäume hatte Opa in den 70er-Jahren auf seinem Grundstück gepflanzt - und diese standen in absolut gleichmäßigen Abständen in Reih und Glied. Regelmäßig brachte er sie per Obstbaumschnitt auf Vordermann, sodass sie auch nach Jahrzehnten noch gleich aussahen. Zu einem Zielkonflikt, wie man in der Wirtschaftslehre sagen würde, kam es jedoch, als einer der vier Äpfelbäume aufhörte, Früchte zu tragen. Opa schaute sich das Trauerspiel ein paar Jahre an und griff schließlich beherzt zur Axt. "Dä Krebbel hat schon Johre kei Äppel mieh", erklärte er mir mit entschlossenem Blick. Für eine derartige Platzverschwendung hatte Opa kein Verständnis. Dass nun eine sichtbare Lücke in der einst symmetrisch perfekten Baumreihe klaffte, hatte in diesem Zusammenhang übrigens "naut zu bestelle".

Bei nassem Frack hilft kein Computer

Die Westerwälder Mundart hat im modernen Leben ihre Schwächen. Als nahezu ausgestorbene Sprache entwickelt sie sich nicht mehr in dem Maße weiter, wie die Technisierung des Alltags fortschreitet. Zwar gibt es zahlreiche Einflüsse aus dem Französischen, wie man an Worten wie "Podmanie" oder auch "Schesslong" unschwer erkennen kann. Selbst die Stadt Montabaur verdankt ihren Namen bekanntlich dem Wäller Slang. Anglizismen sind im Platt jedoch verpönt, und deshalb redete mein Opa auch nie von Handys oder Laptops. Selbst das Wort Computer nahm er kaum in den Mund. Für ihn waren das alles "Glotzkaste". Genaueres erschloss sich nur aus dem Zusammenhang.

In der Natur hingegen zeigt sich mitunter die Überlegenheit der Mundart. Bei der Beschreibung von Wetterlagen etwa verfügte mein Opa über ein breites Repertoire an Begriffen, die man teilweise nur mit längeren Erklärungen ins Hochdeutsche übersetzen kann. Wenn er zum Beispiel von einem "Batschrehe" sprach, wusste ich, dass ein starker Landregen oder Gewitterschutt gemeint war. "Drauße hot et gefoust" war eine prägnante Zusammenfassung für starke Windböen bei gleichzeitigem Niederschlag. Und beim Satz "Isch hon de Frack gewäsche krieht" konnte man sich die Frage sparen, ob Opa bei einem plötzlichen Schauer einen Schirm oder eine Regenjacke dabei hatte.

Staubiger Sekt zum Weihnachtsfest

Weihnachten folgt in vielen Familien wiederkehrenden Routinen. Ob Würstchen mit Kartoffelsalat oder das Klingeln des Glöckchens zur Bescherung - alles hat seinen festen Ablauf und soll nach Möglichkeit nicht verändert werden. Zu diesen Ritualen zählte in den 2000er-Jahren bei uns auch das Ansehen der Weihnachtsfolge von "Familie Heinz Becker" an Heiligabend. Obwohl meine Brüder und ich die Handlung bereits in- und auswendig kannten, konnten wir uns immer wieder darüber amüsieren.

Auch unser Opa schaute die Folge jedes Jahr mit uns an. Er hatte jedoch ein ums andere Mal vergessen, dass es sich um eine Wiederholung handelte. Nach wenigen Minuten sagte er dann stets: "Ah, dot es dä Saarländer met der Batschkapp!" So als würde er die Folge gerade zum ersten Mal sehen.

Eine vorhersehbare Reaktion folgte zudem, wenn Sohnemann Stefan Becker mit einer flinken Handbewegung eine Sektflasche öffnet. "Stobbe abgebroche?", fragt der überraschte und zuvor gescheiterte Familienvater Heinz Becker in diesem Moment. Die Antwort seines Sohnes ("Astrein aus der Reserve gelockt") bekam Opa regelmäßig nicht mit. Er amüsierte sich derweil prächtig über den vermeintlich abgebrochenen Stopfen und setzte zu seinem eigenen Running Gag an: "Troggener Sekt", sagte Opa dann stets, "däh es su trogge, dass eh stebbt". Und obwohl uns die Pointe ebenfalls bestens bekannt war, konnten wir über die Wiederholung immer wieder lachen.

Übers Einkaufen nicht viele Worte verloren

Lebensmitteleinkäufe waren auch bei Opa ein notwendiger Bestandteil des Alltags. Er konnte schließlich nicht alles selbst im Garten anbauen. Alle anderen Handelssparten durften sich allerdings nur wenig Hoffnung machen, an Opa etwas zu verdienen. Selbst Baumärkte besuchte er nur "alle Schaltjohr emohl", wenn es als Heimwerker etwas Dringendes zu tun gab. Opas Kleidung bestand in den letzten Lebensjahren überwiegend aus Erbstücken, und neue Unterwäsche konnte ihm zur Not jemand mitbringen. Seltenheitswert hatten nicht zuletzt seine Ausflüge in den "Seifeplatz" - ein Drogeriemarkt in der Montabaurer Innenstadt, der offiziell "Ihr Platz" hieß. Dort gab es einfache Rasierklingen für Opas Vorkriegsmodell. Das übrige Sortiment interessierte ihn nicht besonders. Ein normales Stück Seife, die Opa zum Baden nutzte, hielt schließlich eine ganze Weile - und auf eine schöne Farbe des Badewassers oder einen angenehmen Geruch legte er keinen Wert.

Seine im Spätsommer oft wettergegerbte Haut hätte sich wahrscheinlich über Körperlotion gefreut, doch ich bin mir nicht einmal sicher, dass Opa diese Produkte überhaupt kannte. Mit über 80 Jahren musste er sich nach jahrzehntelanger Arbeit im Freien ohne Sonneschutz sogar einmal ein weißes Hautkarzinom im Gesicht entfernen lassen. Opa war das jedoch nur eine beiläufige Erwähnung wert. "Dot wuhr rausgeschnidde, fertisch ab!", erklärte er damals knapp. "Dohdriwwer mache isch gohr net vill Worde."

Kartoffeln ohne Zucker

Mit Anfang 20 wurde bei mir Diabetes festgestellt. Es war eine Diagnose, mit der wohl niemand in meinem Umfeld gerechnet hatte. Ich war nicht übergewichtig, und es gab in der nahen Verwandtschaft auch keine weiteren Fälle. Die Ursache konnte nicht geklärt werden.

Gemeinsame Mahlzeiten mit meinem Opa entwickelten sich in der Folge zu einer Herausforderung. Er konnte zwar verstehen, dass sich Zucker negativ auf meine Gesundheit auswirkt. Der Zusammenhang von Diabetes und Kohlenhydraten war ihm allerdings nicht beizubringen. "Äß doch noch poor Erbel!", forderte er mich regelmäßig auf. "In Erbel es doch kaahne Zucker" oder "Die poor Erbel mache doch naut" ergänzte er meist noch, um mich von den Vorzügen der Kartoffeln zu überzeugen.

Einmal wollte Opa es nach Kaffee und Kuchen genauer wissen. Vielleicht hat er ja inzwischen Altersdiabetes, dachte er sich, und forderte mich auf, ihn doch auch einmal in den Finger zu pieksen und seinen Blutzuckerwert zu messen. Gerne hätte ich ihm diesen Gefallen getan. Die Technik spielte allerdings nicht mit. Selbst auf der höchsten Stufe war es unmöglich, die Hornhaut auf Opas Fingerkuppen mit der Stechhilfe zu durchdringen, um einen Tropfen Blut zu gewinnen. "Wot es dot dah fier eh bleed Schessdinge?", fragte Opa schließlich verärgert. Ein brauchbares Ergebnis blieb uns leider verwährt.

Rustikaler Charme aus dem Westerwald

Der Westerwälder gilt bisweilen als fleißig, geradlinig und etwas stur. Als charmant würden ihn Außenstehende hingegen eher nicht beschreiben. Das zeigt sich unter anderem in der eher rustikalen Ansprache anderer Personen, die gerne schon mal knapp als "Dau", "Däh Loh" oder "Et Loh" bezeichnet werden. Besonders höflich ist dieser verbale Fingerzeig jedenfalls nicht.

Auch mein Opa beschrieb andere Personen gerne uncharmant als "Däh Deck" oder auch "Däh Ahl". Um sich diese Bezeichnung zu verdienen, genügte es bereits, dicker oder älter als er selbst zu sein. Sein grober Charme machte derweil auch vor der eigenen Familie nicht Halt. Wer Opa besser kannte, wusste diese Bezeichnungen jedoch als Liebkosung zu verstehen. Mein jüngster Bruder beispielsweise blieb bei meinem Opa stets "Däh Klah". Damit war aber freilich nicht seine Körpergröße gemeint, sondern das Alter. Etwas peinlich konnte es gleichwohl werden, wenn Opa meinen Bruder vor versammelter Mannschaft als "Däh klah Buchseschisser" bezeichnete, weil ihm sein richtiger Name gerade nicht einfiel. Wer will sich schon mit Anfang 30 einen unkontrollierten Stuhlgang nachsagen lassen?

Ohne Schweiß kein Preis

Wenn Opa wüsste, dass ich mir mit dem Verkauf von Büchern mit seinen Weisheiten ein paar Euros dazuverdiene, würde er wahrscheinlich schmunzeln. Einerseits wäre es für ihn kaum zu glauben, dass andere Menschen für seine Ratschläge in Wäller Mundart Geld ausgeben - er selbst hätte das vermutlich nie gemacht. Andererseits hätte er den Zuspruch der Leser aber durchaus als Bestätigung empfunden und die Anekdoten auch gerne selbst gelesen, wenn ihm jemand das Buch geschenkt hätte.

Als ehrlicher Broterwerb galt für Opa jedoch stets nur körperliche Arbeit. Er selbst hatte als junger Mann den Beruf des Polsterers erlernt und arbeitete später in einer Fabrik. Sein Zeitvertreib im Rentenalter war bekanntlich die Gartenarbeit. Einkünfte durch Schreibtisch- oder Büroarbeit hatte Opa also nie, und etwas spöttisch fragte er deshalb mitunter auch seine Enkel nach Feierabend, ob sie eigentlich geschwitzt sind. Tief im Inneren war er vielleicht sogar ein bisschen neidisch auf Menschen, die ihr Geld im Sitzen verdienen. Für seine eigenen Nachkommen jedenfalls wünschte er sich durchaus ein solches "Pöstje", wie Opa es genannt hätte. Gemeint waren damit in erster Linie sichere Stellen im öffentlichen Dienst, bei denen keine körperliche Belastung anfällt. Mein anderer Opa hatte zeitweise eine solche Stelle beim Autobahnamt in Montabaur, was dem körperlich arbeitenden Opa die Würdigung entlockte: "Däh hot doh eh schee Pöstje un schafft sisch net gabott!" Der Respekt für die tatsächlich erbrachte Arbeitsleistung hielt sich allerdings weiterhin in Grenzen. Schließlich war Opa Willi "noh der Oarfet net geschwetzt".